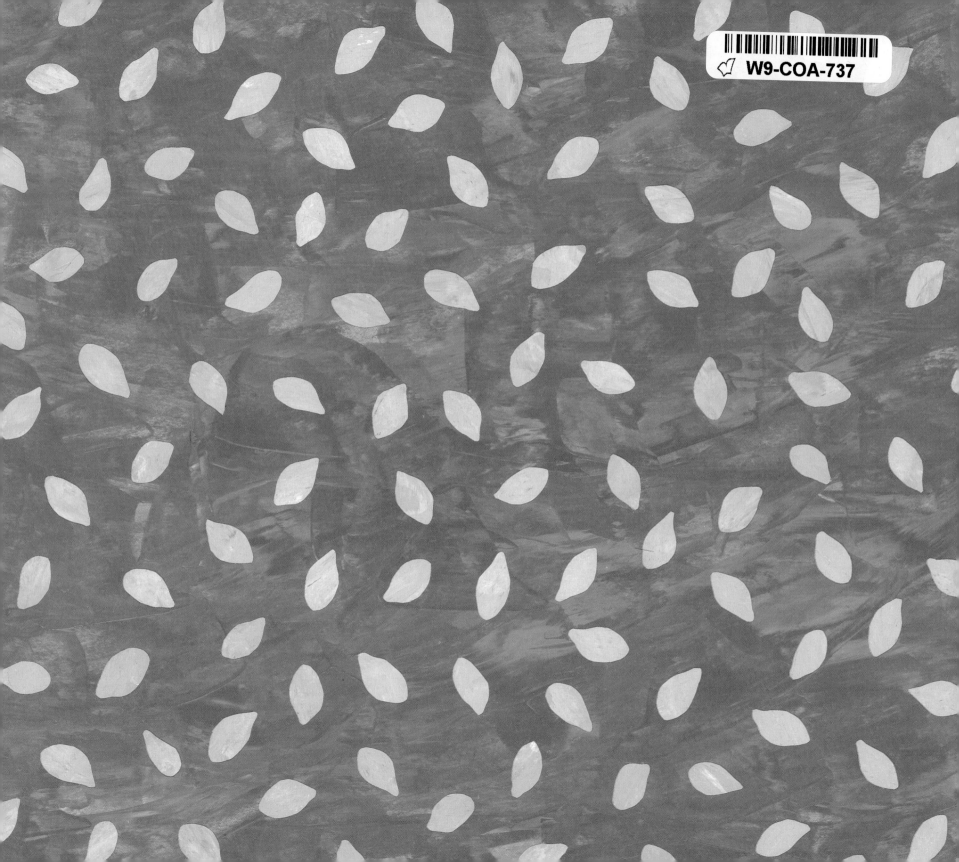

# ¡Tiempo de calabazas!

POR **Zoe Hall**

ILUSTRADO POR

**Shari Halpern**

SCHOLASTIC INC.

New York   Toronto   London   Auckland   Sydney
Mexico City   New Delhi   Hong Kong

Originally published in English
as *It's Pumpkin Time!*

Translated by Miriam Fabiancic.

This book was originally published in English in hardcover by the Blue Sky Press in 1994.

ISBN 0-439-18731-1

Library of Congress catalog card number: 99-087881

12                                                                              15 16 17 18/0

Printed in the United States of America          40

First Scholastic Spanish printing, September 2000

Agradecemos especialmente a Ellen Weeks, del Cooperative Extension System de la Universidad de
Massachussetts, y a Jan Danforth, de la Asociación Internacional de Calabazas (International Pumpkin
Association, Inc.), por su sabios consejos sobre las calabazas. Si desea más información sobre cómo
cultivar y cocinar calabazas, puede escribir a: International Pumpkin Association, Inc.,
2155 Union Street, San Francisco, California 94123.

Las ilustraciones de este libro se crearon con una técnica de collage con papel pintado.

Diseño de Kathleen Westray

D urante todo el verano, mi hermano y yo nos preparamos para nuestra fiesta favorita.

¡A que no adivinas cuál es!

¡Halloween!
¡A que no adivinas qué hacemos para prepararnos!

# ¡Plantamos lámparas de calabazas!

Primero, yo remuevo la tierra con la pala y mi hermano hace surcos con la azada de una pulgada de profundidad.

Luego ponemos semillas de calabaza y
las cubrimos con tierra.

Las regamos y esperamos a que el sol les dé calor.

Al poco tiempo a las semillas les salen raíces y empiezan a asomar los primeros brotes verdes en la tierra.

Los brotes se convierten en tallos y los tallos crecen.

Todas las semanas los regamos y
arrancamos las malas hierbas.

Muy pronto salen los capullos de las flores.
En cada lugar donde hay una flor amarilla
va a crecer una calabaza.

Al principio las calabazas son verdes y pequeñas,

luego se hacen grandes

y más grandes.

Ya está llegando el otoño y nuestras
calabazas cambian de color: verde, amarillo…

...¡y anaranjado! Ya se pueden cosechar.

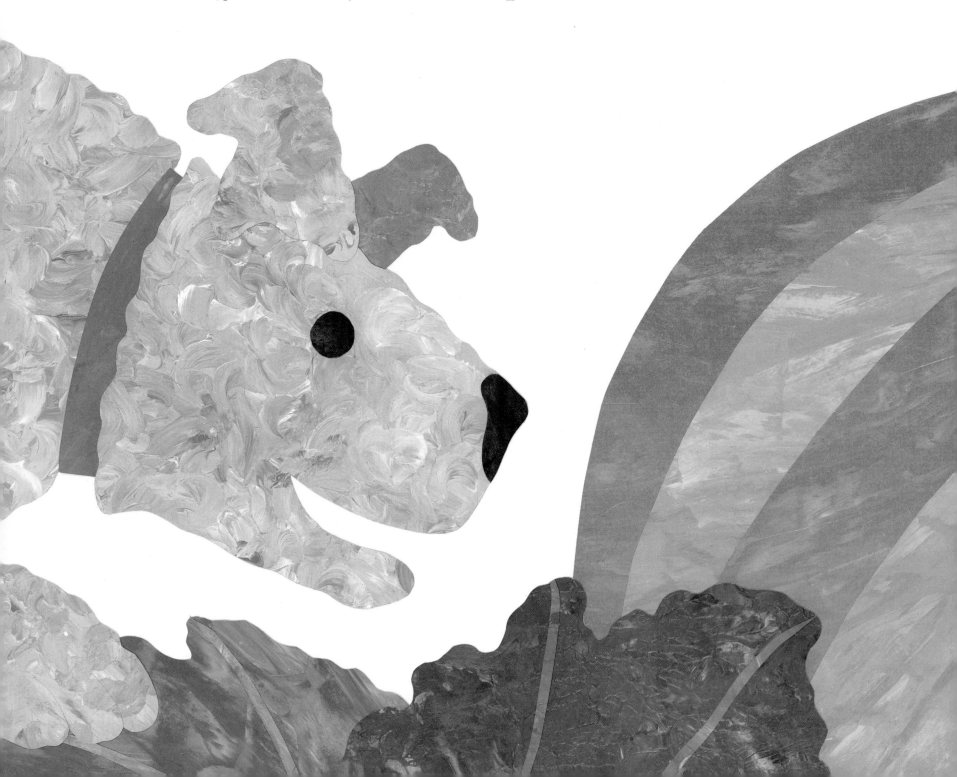

¡Nunca habíamos tenido
calabazas tan grandes!

Mamá y papá nos ayudan a cortarlas de las matas.
Las colocamos en la carretilla y las llevamos a casa.

¡Por fin es Halloween!

Dibujamos caras en nuestras calabazas,
y luego mamá y papá nos ayudan a cortarlas,
a vaciarlas y a encender las velas que ponemos adentro.

¡Ahora son lámparas de calabaza para Halloween!
Ésta es mi favorita.
¡A que no adivinas qué
hacemos luego!

¡Nos disfrazamos! Es hora de salir a pedir caramelos.

¡Feliz Halloween!

# Cómo crecen las semillas de calabaza bajo la tierra:

semilla

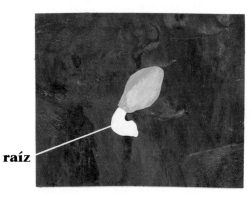

raíz

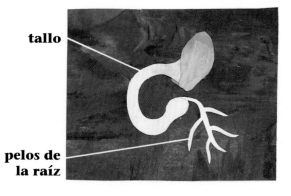

tallo

pelos de
la raíz

1. Se planta la **semilla** en la tierra a una pulgada de profundidad.

2. Al cabo de unos días, sale una **raíz** que crece hacia abajo.

3. Comienza a crecer un **tallo**. Los **pelos de la raíz** absorben el alimento para que la planta crezca.

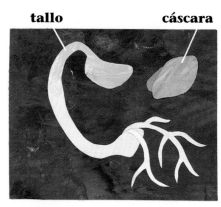

tallo          cáscara

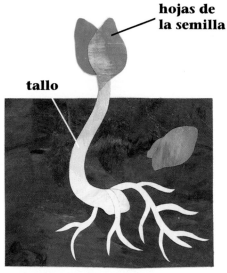

hojas de
la semilla

tallo

hoja de
calabaza

4. El **tallo** crece hacia arriba. En la punta están las pequeñas hojas muy apretadas. La **cáscara** de la semilla se queda en la tierra.

5. El **tallo** sale a la luz. Las **hojas de la semilla** se abren. La cáscara empieza a romperse.

6. Crece la primera **hoja de calabaza**. A partir de ahora, todas las hojas que salgan tendrán los bordes dentados, como ésta.